목록들

시와반시 기획시인선 007

목록들

빅순님 시집

시와반시

| 차 례 |

샌드 애니메이션

끝에서 끝까지
밖에서 밖까지

같은 종의 끌림으로
우리가 이리저리 몰려다니고

모래얼굴에서 주술 걸린 입술로
다시 끓는 밑바닥

질료들이 가지 끝에 성질을 달 때
내가 쓰다듬던 개가 나를 물고

고양이의 놀란 얼굴과
개의 사나운 얼굴을 겹쳐 끓어오르는 나

개는 왜 고양이를 닮지 않는 거지
고양이는 왜 개를 닮지 않는 거지

개와 고양이의 의문이
곤두선 잠을 할퀴고

말라비틀어진 따가운 눈알들
사막은 사막의 방법으로 손발을 묶고

우리는 우리에게 한 번의 우연
깨진 파도처럼 흐트러져

열 손가락 사이로 사라지는
모래극장의 배우들

개와 비

검정개가 비를 맞는다
비가 그림자를 지운다

나는 내부가 젖고
개는 몸을 뒤틀며 젖은 등을 턴다
우리는 어긋나서 같아진다

모든 것은 삼복해 있다
개는 가끔 내가 모르는 이유로 짖는다
이해하고 싶은 개는 돌연 이빨을 들이댄다

개가 뼈다귀를 뜯는다
머리가 근질근질해진다
검은 개가 허연 허물 한 벌을 벗는다

개로부터 꽉 물린 나는
비명조차 지를 수 없다

개가 목줄을 끌며 원을 그린다
비가 꼬리를 흔든다

비가 말끔하게 핥아버린 개
개가 꼬리를 내리며
그림자를 깔고 엎드린다

내 노래를 들어줘

절실한 노래는 금기를 뛰어넘지

대답 좀 다그치지 마
섣부른 허락은 뒤탈이 심하니까

엄마의 노래는 280일 동안 나를 홀렸어
처음부터 울음인
내 노래가 나를 닮아야힐 덴데

죽음은 치장해도 죽음이듯이
한 쪽만 닦으면 더러운 유리창처럼
애써 불러도 안팎이 어긋나는 노래

꽃의 목을 꺾고
새의 배를 가르고

귀를 틀어막고 거부해도 들리는 나를 보여줄게

나조차 듣기 싫은 지긋지긋한 내 노래

오늘은 제발 들어줘

처방전

나는 그리 내구성이 좋지 않다
반성하지 말자, 억압을 버리자
자두나 살구를 생각하자
입 안 가득 침이 고이는 그 순간
닿을 수 없는 것에 닿자

인위적이 되자, 바다를 모르는 사람의 바다
모르는 것에 열광히지
상하고 있는 냉장고처럼 반성으로 타락하자

잘못 살았어, 꾸역꾸역 밥을 퍼 먹고
나를 줍느라 물기 가득한 안을 쏟을 때

내용이 진부하고, 산만한 형식으로
열람되는 한 무더기의 시간
기억은 닳았지만 눈물은 날카롭다

시도 때도 없이 고장 나는 감정

멀리서 보면 매끈하지만 가까이서 보면 우툴두
툴한 지구

내가 거칠어 보인다면 당신은 분명 가까이 있다

헤매는 악보

바람이 종일 강을 흔들었어
나무에 걸린 비닐도 악을 썼어

밑도 끝도, 시도 때도 없는
바람의 배후

빛이 물의 집을 흔들었어
더러운 부유물들이 떠다녔어

바람에 귀를 기울이면
깨진 거울처럼 강이 어긋났어

처음 본 바람과
마지막 볼 바람

들뜬 바람의 표정에서
내가 지을 노래를 찾고 있어

시계다

한 개의 시계가 걸어간다
네 개의 시계가 걸어간다

얼굴 없이 표정 없이
방향 없이 의심 없이

옆모습의 시계가 뒷모습의 시계가
가출하는 시계가 복제된 시계가

무분별 태어나고 무차별 사라진다

흰색과 검은색 사이에 놓인
위험한 시계들이 곳곳에 출몰한다

한 개의 시계가 사라진다
네 개의 시계가 사라진다

나는 시계다
너는,

나는 화분이 아니다

들어간다
향기를 감추지 못하는 장미 속으로
본능을 숨기지 못하는 짐승 속으로

나를 찾아온 것은 없어
어디든 두 발로 걸어갔어
향기 속으로 악취 속으로

버려진 양변기에 꽃을 심은 후
꽃들이 변기 속으로 빨려드는 꿈을 꿔
똥파리와 벌이 동시에 붕붕거려

꽃을 밥에 비벼 먹었어
심장이 가렵고 생각마다 두드러기가 돋았어
곧 면역이 생길 겁니다, 의사가 말했지

절정 후에 식는 모든 게 지겨워

민들레 씨방에 불을 질렀지
뿌리가 지독해 졌어

꽃을 심어도
변기는 짐승처럼 크르릉 거렸어

점점, 무연고

성장통증이 무서워 자라기 싫어
불편한 진실은 더욱 민망해

고양이의 울음은 권태를 삭여주지
절박할 때 지독한 자세가 좋아

삐딱한 고양이는 도로를 점령하지
혐오의 자세로 밟히는 걸 즐겨

견고한 아스팔트에
교묘히 숨은 고양이를 찾아봐

쥐도 새도 모르는 무연고
별것 아닌 얼룩처럼 지워버리지

신음을 외면하는 나는 공범자
사탕을 빨며 나의 증상을 즐겨

돌림노래

거울 속 아이와
하루 종일 돌림노래를 불렀지
틈틈이 쉰밥을 퍼 먹었어
부르다만 노래들이 질퍽거려

내가 욕조에 웅크려 울 때
엄마는 비누풍선을 불어주었어
둥근 눈물이 펑펑 터졌지

팔다리가 묶인 인형이 있어
기쁜 노래를 부르며 우는 아이
슬픈 노래를 부르며 웃는 아이

거울 속의 아이는
새와 코끼리를 만지며
나와 입을 맞춰 돌림노래를 꾸민다네
지루할 틈 없이

나는 나를 잘못 키웠네

선반 위의 인형을 패대기쳤어
먼지 덮인 웃음은 불길해

겉이 말짱한 병을 키우지
병이 없는 약이 수두룩한데
약이 없는 병은 왜 많을까

매일매일 몰락하는
구질구질한 언어들이 나를 구기면
깊고 푹신한 의자가 필요해

지금은 간신히 먹고 간신히 잠들어
천적을 만나고 싶어
아무 생각 없이 살려고만 버둥거릴 수 있게

내가 짠 그물에 걸려
다리는 후들거리고

발을 헛디딘 하늘이 노랗게 질려있어

매일매일 눈 부릅뜨고
일그러져가는 나를 확인하는 일
그것만이, 나의 뼈저린 사생활

선반 위의 인형이 나를 패대기쳤어

모자 쓴 그림자

얼어 죽은 발톱에서
그해 겨울이 살아나온다

발목이 없어질 때까지 너를 기다렸어
그것은 사과
그것은 바람

눈밭을 뒤져 딸기를 찾던 이야기는 이제 그만

자꾸 돋는 굳은살을 뜯어내며
이게 나야
필요 없는데 자꾸만 돋는 바깥
그것은 모자

생각만으로 곁에 갈 수 없는 자작나무처럼
시커먼 발톱 하나를 자꾸 만져

모자를 씌워주고 싶은
내 발에 매달린 내 그림자
아무리 달래도 달래 지지 않는

치매

어제의 표정들은 쏟아버렸다

얼굴에 돋는 알록달록한 무늬
수시로 일렁거리는 거울
푸석푸석 마른버짐이 핀다

형광등이 깜빡거린다
죽어가는 귀가 점점 커진다
미워, 싫어, 죽어, 귀찮아

독은 왜 끝까지 독인지
사랑은 왜 끝까지 사랑인지
두툼한 슬픔과 쪼그라든 심장으로
얼마나 많은 계단을 내려왔을까

지진이 왔다
폐허에서 나온

긁히고 퀭한 모르는 얼굴
징조도 없이 불쑥 솟는 불덩이 불덩이들

누구세요
바람 쪽으로 둥둥 떠가는 열기구
내릴 곳을 모르는 찢어진 구름

그늘에 피는 울음과 웃음
무얼 꺼낼지 알 수 없는
떨리는 입술과 눈동자

흔들리다, 문득

아무리 당겨도 오늘의 나는 펴지질 않아

저수지에 갔다
사람들이 카메라 셔터를 눌러댔다

저수지는 가부좌를 틀고 있고
자주 흔들린 나무는 거인이 되었다
나무의 목에 그네를 매고 매달렸다

저수지에 뗏목을 띄웠다
무수한 잎들이
무수한 입을 막으며 출렁거렸다

그것은 모든 것들의 오후
깊은 그늘에 손을 넣어
푸른눈뱀장어를 만졌다

저수지의 오르골을 열면
귀에서 자라는 잎들
귀에서 뻗어 나오는 가지들

물에 빠져죽은 언니를 생각하며
그때 나는 조금 펴져서 물기를 머금었고

치매 걸린 바람이 말을 걸자
저수지의 자세가 흔들렸다

식탁

모든 시작은 고요했을까
너와 너 사이에 나는 있다

우리의 식사는 삼각형
꼭짓점은 늘 두 개의 감정에 닿아있다

눈 없는 얼굴과
얼굴 없는 입들이 밥을 씹는다

얼굴이 차려진
식탁이 어려워지면 숟가락을 놓는다

종잡을 수 없는 바람으로
어제보다 더 흘러내리는 식탁

식탁이 공동의 영토가 되지 못하리란 신탁
각자의 방향으로만 자라는 다리

방문을 잠그던 손과 방문을 두드리던 주먹이
모서리를 이으며 구도를 완성한다

식탁엔 툰드라의 바람 소리
온기 없는 손이, 발 달린 얼굴에 매달린다

멍

열무를 씻는다
푸른색이 빠져나오자
허물어지는 몸
멍은 갇혀있을 때 완전하니까

썩은 물고기를 끓일 때
잘 벼린 칼이 무를 동강낼 때
아무도 안 듣는 울음을 차리고 식사를 할 때
등에 달라붙는 어둠

기다리는 식사는 오지 않고 시간은 흐른다
기다리는 사람은 오지 않고 식사는 흐른다

목에 가시가 걸리자
시퍼렇게 눈뜨는 울음
너는 어떤 내가 필요했니

시퍼런 우리가 차려진 식사

빠져나오지 않는 멍

얼룩의 성분

검은 새떼가 우리의 식사 위로 날아오르네

불투명한 식탁
유리잔들의 빛나는 비명이
모르핀처럼 두통을 지우네

우리 예의를 다해 건배
통증 없이 사라질 오늘과
우리의 없는 내일을 위해

온몸에 돋는 소름
취해 돌아다니는 우리의 앵무새들
어쩌나, 희디흰 드레스마다 얼룩이 번지네

보르도의 흙과 샹파뉴의 바람을 상상하네
끈적이는 걸보니 달군요, 당신의 혀
쓰고 떫어요, 당신의 입술

세상의 모든 눈물은 마를수록 착색이 심해지네
어제는 바닥에 사과를 찧으며 놀았고
오늘은 바나나로 글씨를 썼네
그건 모두 얼룩을 증명하는 놀이

의자 위에 앉아 기다리는
나의 신비로운 앵무새
갈비뼈를 지나가는 여러 가지 바람

가발을 쓰면 가면이 되는 낯짝으로
가상의 침대로 가상의 나무로 변신한 나쁜 마녀
처럼
어제의 식사는 얼룩덜룩 했다네

검은 새떼가 투명한 식탁으로 모여드네
오늘은 진짜 식사 한번 해
모어가 서툰 나의 말더듬이 앵무새
내 졸아버린 심장을 꺼내 이리저리 쪼아보네

부엌의 감정

늦이다. 검은 봉지 속이다. 감자가 비닐을 뚫는
다. 더 내려 갈 곳이 있다. 배수구가 크르릉 거린
다. 감정의 습지에서 피와 살을 섞는다. 몸을 섞는
다. 천 년 만 년 썩는다. 섞인 것들이 썩는다. 케케
묵은 냄새가 기어나온다. 식탁이 짠 날은 감정이
좋았다는 걸 누구도 눈치 채지 못하고 접시의 낌새
를 나눠먹는다.

꿈틀거리는 순간, 숨이 더 막히는 함정을 햇살이
들여다본다. 밖이 안을 힐끔거린다. 들춰지는 것은
왜 슬픈지, 오래된 냄새는 궁색하다. 꺼려지는 건
뒤탈이 날 텐데. 꼬막을 삶는다. 안이 밖을 본다.
밖이 안을 본다. 내 몸의 역한 냄새, 썩고 있는 이
감정들을 다 어쩌나. 늦이 사지를 당긴다. 팽팽한
부엌의 감정, 오늘 저녁 당신은 썩은 내 감정을 달
게 먹는다.

허둥대는 저녁

부엌 창가에서 고양이가 운다
내가 고등어를 씻는 동안
앙칼지게 저녁을 찢는다

고등어 껍질에 울음이 들러붙는다
비린내가 현기증을 몰아온다
나는 잘게 다진 울음을 찌개에 넣는다

비린내를 풍기며 돌아오는 발들
대궁 끝에 허기를 매다는 꽃들
어두워오는 골목의 빈속

목이 곧 떨어질 꽃처럼
어쩔 줄 모르는 울음
어쩔 수 없는 울음

눈에 불을 켜고, 너는 날카롭다

비린내를 자르고 끓이면
고양이에게로 깊은 어둠이 흘러갔다

비린내의 넓이와
울음의 깊이가 어둠을 몰아와
허둥대는 저녁의 냄새들

고흐의 방

밤의 유령들이 창문을 흔들면
사이프러스나무의 몸부림이 시작된다

이 방엔 내가 있고 네가 있고
또 누가 있는 거지

내 울음을 듣는 귀는 없어도 돼

쏟아지는 잠을 열면
팔레트의 물감처럼 빛이 엉기는 테라스

너는 의자에 구겨져 있고
나는 무엇을 그려도 왜 나일까

지금은 얼굴을 다루기 힘든 계절
밤의 사막에 회오리치는 별들

지친 해바라기는 액자 밖으로

귀 없는 방은 액자 속으로 자리를 바꾼다

넘치는 액자

벌어진 입은 다물어지지 않았다
머리위의 푸른 뱀은
액자 밖으로 튀어나온 절규를 먹고 꼬리가 길어
졌다
액자에 갇힌 긴 얼굴엔 눈이 없었다
얼굴이 시들고
액자들은 액자의 위치를 질투하고 있었다
꽃병의 물이 썩고 있었다
아무도 물을 갈아주지 않았다
살아있는 꽃이 죽은 냄새를 피웠다
죽은 꽃의 향기가 돌아다녔다
불안한 화투장들의 예언으로
세상은 '환' 하게 '멸' 해 갔다
진짜가 아니라고 말하는 혀들은 굳어버렸다
그림은 벽을 붙잡고 어지럼을 견디고
넘치는 의미들이 밖으로 나가려다 잘려버렸다
사람들은

액자 밖으로 다리를 내밀었다
우리는 더 많은 색이 필요합니다
나는 넘치고 싶어요
그때, 내 목을 다잡은 액자에서
행복한 눈물이 뚝뚝 떨어졌다

화상을 입다

꽃들이 물집처럼 올라온다
뱀이 둥근 잠을 풀고 혀를 내밀면
창문에 시커먼 그림자가 어른거린다
눈이 아파, 암막 커튼을 친다
꽃상여가 길게 지나고
어두운 곳에서
아무도 모르게 손 흔드는 사람의
부풀어 오르는 동공과 이마와 입술의 눌집
화끈거리는 꽃의 심장이 따가워
꽃잎을 뜯어
흠집을 내고 안을 들여다보면
들끓는 불의 온도
봄의 화기로 흉터가 늘어갔다

사막의 귀

눈을 뜨면 알 수 없는 글자들 속에서
전갈이 우글거렸다

물컹해진 귀로 흘러드는 나무 거미 우산 신발
매미는 너무 많이 쏟아놓는다

눈을 감고 부푸는 울음을 만지다가
살갗이 번젖게 익어버렸다

소리를 벗어난 소리가 시간을 데려가고
울음에는 울음을 벗어나려는 울음이 우글거리고

끝없이 태어나는 말은
끝없이 허물을 벗는 것

여름을 가로지르는 텅 빈 울음
꼭두각시처럼 밖으로부터 뼈와 살에 통곡을 채

우고

아침부터 알 수 없는 무늬 위에
악을 쓰는 여름이 넘치고 있다

계단 위의 미장원

헝클어진 비를 끌고 계단을 올라갔다
몸에선 물기가 뚝뚝 흘렀다

여자가 날선 가위를 들고 물었다
어떻게 할까요

베일을 벗겨주세요
머리카라에서 발의 악취가 나요

머리가 의자에 놓이자 가위가 계단을 만들었다
점점 두통이 사라졌다

다시, 머리 위의 무수한 발들이
머리통을 밟으며 돌아다녔다

발이 발을 누르고 머리를 밟았지만
아무도 서로를 증명하지 않았다

수직의 비가 머리카락을 길렀다
사선의 비가 머리카락을 잘랐다

우리는 정면을 피해가기로 정해진 사람들
잘린 머리카락들은 다 어디로 갔을까

여자가 머리에 뱀을 두르자
머리는 계단이 되었다

미장원 거울 속 여자는 금이 갔고
아무도 맞출 수 없도록 점점 잘게 쪼개졌다

계단을 올라온 여자는 계단을 내려가지 않았다

발, 주렁주렁

담쟁이는 발이 많아 벽을 덮고도 남아돌았다
수상한 발자국소리를 듣는 밤
햄스터는 상자를 뛰쳐나갔다

목덜미가 아팠다
제 발로 뛰쳐나간 발과
히잡을 쓰고 튀어나간 얼굴은 돌아올 수 있을까

밟힐 때마다 날개를 달던 먼지들
자고 일어나니 발이 사라졌다
금붕어는 밤사이에 회색물고기가 되었다

발이 많은 벌레와 어둠 속에서 놀았다
당신은 당신의 발을 따라 사라졌다

구근들이 쑥쑥 대가리를 내밀었다
겨울을 견딘 감정 사이로 수선화가 올라왔고

발바닥에 대해 아무도 말하지 않았다

눈은 어둠 속의 발을 놓치고
쏟아지는 말이 엉긴 입은 뒤틀리고
귀는 이명으로 가득 찼다

햄스터는 돌아오지 않고
시로의 얼굴을 기웃거리는 동안
봄은 서둘러 신발을 갈아 신었다

침대 밑에서 햄스터를 찾았을 때
죽은 줄 알았던 구근에서는
작은 발들이 자꾸 기어 나와 어둠 쪽으로 걸어갔다

무화과를 먹는 시간

내가 처음 늙은 마법사를 보았을 때
그녀는 칼로 구름을 썰고 있었다
눅눅한 것은 빨리 말려야 해
쪼글쪼글 무성한 맨드라미와
주저리주저리 튀어나와 엉그는 무화과가 있는
하늘과 땅 사이의 어느 공중이었다
모든 이름은 참일까 거짓일까
꽃받침으로 꽃을 안전히 숨긴 무화과는
늙은 마법사를 꼭 닮아있었다
나는 무화과의 튼 살을 자꾸 먹었다
열매를 맺기도 전에 다 잃어버리는
나는 무화과가 아니기를
제발 이름과 다른 내용이기를
제발 오해받고 제발 들키지 말기를
단 한번이라도 완전히 피고서야 몸을 열기를
늙어서야 마법사가 된 그녀는
바람의 뼈에 물기를 매달 줄 알았고

나는 그녀의 그물에 걸리는 저주를 받았다

그녀는 바람이 들끓는 곳에 나를 세워놓았다

나는 샤갈의 신부처럼 공중에 떠서

행복도 불행도 아닌

시간을 떠다니다 발이 다 닳았다

땅을 디디려면 복숭아나무를 끓여 먹고 죽어야해

그녀의 푸른 예언에 속아 생을 흘려버렸다

내가 마지막으로 늙은 마법사를 보았을 때

그녀는 구름으로 칼을 자르고 있었다

그곳은 여름의 끝

절벽 아래로 무수한 내가 떨어져 내렸다

목록들

어디다 말하나
우리 집 나무가 옆집 햇빛을 훔쳤다고
옆집 고양이가 우리 집 쥐를 잡아먹었다고

장미는 꽃집 여자를
가위는 미장원 여자를
전파상의 전선은 김 씨의 목을 감았다

나는 피해자 또는 피의자
훔치는 것과 털리는 것의 양을 모른다
마술사에게 홀려 유랑극단에 간다

나는 날마다 털려 죽고 없는데
왜 자꾸 살아남은 자의 언어로 말하나
작작해, 진술서가 너무 길다

검정의 내부

불길한 발로 서성대면 길이 생긴다
뱀처럼 소리 없이 기는 연습을 한다

마음이 아주 차가울 때
눈물의 질감이 단단해

털실을 뜯는 고양이가 부러워
무엇을 할퀴어도 낭연하니까

빨간 얼굴과 파란 얼굴이 함께 있으면
보라색이 올라온다

눈이 부끄러운데 귀가 뜨거워지는
잘못된 관계를 어디다 쏟아버리지

잘못을 알고 싶을 땐 슬픈 엄마가 필요해
구석구석 뒤지지 않아도 너무 많은 엄마

차디찬 백지에 뚝뚝 지는 검은 꽃
어둠 속에 웅크리면 길이 보인다

골목의 뭉크

이상한 냄새가 나, 사람이 죽어나간 그 집
백년이 지나도 그 냄새는 나를 홀리지

골목엔 고름이 흘러 가로등이 흘러 아버지
눈에서 흐르던 구름, 구름이 된 눈물들

고무줄놀이는 여전히 편을 갈라
나는 아직도 기다리는 깍두기

나는 친구 없는 골목에서
얼굴 없는 친구들과 가위 바위 보

골목에 사는 그림자는 한쪽 다리가 없어
내 왼쪽 다리를 누가 자꾸 갉아대는데

비가 내려 지렁이가 내려
나는 아직도 컴컴한 방구석에 붙들려

색깔 없는 왕자크레파스를 들고
아무 그림 없는 스케치북을 들고

보이지 않는 것을 비추는 잠의 거울
아스라한 골목은 배꼽을 물고

행방

야윈 나무가 피를 토하자, 비명을 지르며 꽃이 핀다. 하루아침에 피고 하루저녁에 진다. 심장을 가로질러 피는 열꽃 무리들, 붉은 혓바닥이 갈라지고 혓바늘이 돋는다. 입에서 입으로 슬픈 단내가 옮는다.

왜 그랬어. 천 번도 넘게 묻고 또 묻는다. 봄 안에 봄은 부재중, 우리는 제자리를 떠나기 위해 울고 눈이 짓무른다. 눈을 잃자 귀가 커지고 눈물이 마른다.

온몸에 퍼지는 꽃 독, 더 잃을 것 없는 바닥으로 아득히 떨어진다. 꽃신을 신고 더 깊은 어둠 속으로 들어간다. 태생을 지우며 사라지는 별의 방향으로, 저릿하게 꺼지는 발자국들.

꽃의 절정에 바치는 곡哭. 우리는 봄에 지독히 가

까워지고 불현 듯 멀어진다. 낱낱의 웃음, 낱낱의
울음. 최면에 걸린 꽃은 통증을 잃는다. 바람이 두
근거린다. 입안이 헐고 잠꼬대가 길어진다.

　오르페우스에게 옮은 저주, 뒤돌아보면 아무도
용서할 수가 없어. 부서진 꽃에 닿기 위해 천 번의
분쇄를 견딘다. 네 개의 강을 건너야 닿는 꽃이 지
지 않는 마을에서, 당신과 나는 화전을 먹으며 영
원히 죽을 것이다.

벽들

벽이 생기자
울음이 고이기 시작했다
울음의 힘으로
담쟁이보다 질긴 손톱이 자라고
기복이 심한 잠이 쏟아졌다
살기 위해 먹고
살기 위해 모로 누워 울음을 뱉으면
어둠 속에서 가시덩굴이 벽을 타고 자랐다
거대한 울음의 무덤.

벽을 허물자
울음이 쏟아졌다
벽에서 벌떼처럼 쏟아지는 이명들
긁힌 자국을 걸어 나오는 환영
손때 묻은 얼룩에 박힌 울음의 체취
엄마는 죽은 지 오랜데
울음은 죽지 않고 내 뒤를 밟는다

검은 손톱을 치켜세운 푸르딩딩한 얼굴이
벽에서 쩍쩍 떨어진다
갇힌 울음이 빠져나올 때마다
몸부림치는 벽.

다시, 벽

집을 허물자
거처를 잃은 소리들이 빠져나온다
먼지의 몸으로 지병을 안고 떠도는 원귀들
견디는 만큼 병은 자라고
바람 든 벽에 몸을 붙이면 뒤숭숭한
잠이 쏟아진다
제 방을 잃어버린 통증
홍선한 동곡에 발이 닿자
전생의 아무것도 기억나지 않는다
맨발로 서쪽으로 서쪽으로
앞사람의 등 뒤에서 식은 몸을 끌고 간다

나의 병은 뭡니까

병의 심근성 뿌리
불현 듯, 찾아드는 스산한 기미는
서쪽으로 기운지 오래

나쁜 습관처럼 꽃이 지고 있다

처방전도 없이

몸을 관통하는 흉흉한 목소리들

나는 극적으로

또는 적극적으로 소리를 가둔 벽이 되어간다

집이 사라지자

운명에 깃든 통곡

그 많은 소리들은 거처를 바꾸어

다른 몸으로 잠적했다

울음냄새

여름은 질척이는 울음 위를 뒹굴었다
기억은 시계의 반대방향으로 감기고
아침이면 발칵 뒤집어진 하루가
추측만 남긴 어제의 술병처럼 쓰러져있다

막막한 날의 머릿속처럼 우글거리는 나무와 햇빛
여기는 어둠이 감금된 폴록의 화폭
실수처럼 흩어지는 색낄의 기분들
불결한 화폭에 뒹구는 불길한 증상들

귀에 물기가 넘쳐 아무것도 들리지 않는다
고개를 들고 해바라기의 심장을 바라보면
작렬하는 너를 읽을 수 있을까
몸이 기생하던 자리에 남은 빈집마다
물컹한 귀를 놓아 준다

몸을 가르고 떠난 소리들

아우성 속으로 피라미 떼가 몰려다닌다
불가피하게 듣는다 불가피하게 물들어 간다
꼭두도 없이 상여도 없이
뼈에 통곡을 채우고 소리를 데려간 여름
버리는 것이 허물이라면
천 번이라도 손을 털고 싶은
온갖 관계들이 껍데기를 남기고 텅텅 비어갔다

장마

서랍에서 구름 한 덩이를 발견했다
눅눅할수록 온전해지는 구름
눈알이 충혈 되도록 걸어온
여기는 내 발로 닿은 곳입니까
등이 젖은 채 돌아온 고양이
오래된 구름의 냄새를 킁킁거린다
내 손이 한 일을 나는 알 수 없는데
구름 속에서 어둠에 쌓인
풋풋하고 싱싱한 심장이 튀어나왔다
어디로 갔을까
나는 여기 있고 우리는 이제 없다
구름 속 글씨들 뭉그러진다
흑백이 뚜렷한 눈과 공손한 두 손으로
또박또박 허무를 예감하던
그해 여름의 진심
해마다 능소화를 따라 장마는 오지만
우리의 깨끗한 거짓말들은 돌아오지 않는다

귀를 막고 외마디 비명을 지르는
마른 그림자 물속으로 사라진다
나는 깨지고 찢어진 구름을
서랍 속으로 꾸역꾸역 밀어 넣는다

물 위의 잠

물 위에 누워 물의 잠을 자고
물의 밤낮을 뒤척이며 물의 꿈을 꾸었다

젖은 티슈처럼 구겨지고 엉키면
내가 밀어낸 내가 보였다

흰 벽으로 만든 방에서 아기를 낳자
얼굴이 무거운 꽃이 되어
혼자 얼음 속의 잠을 잤다

다시 물 위에 누워
젖은 잠을 자고 물무늬 현기증을 앓고
물의 방식으로 죽거나 살았다

물에서 엉기던 전생을 더듬으며
물 위의 잠을 견디면
어느 신전에 제물로 누워있었다

수만 번의 장마를 견디자

물의 바닥이 견고해지기 시작했다

검어진 물 위를 걸어 바닥으로 내려갔다

세상의 모든 정원

꽃이 꽃을 낳고 꽃이 꽃을 죽인다
왼쪽으로 칭칭 감아
오른쪽으로 칭칭 감아
맹인 안마사처럼 눈을 감으면
깨진 무릎에서 부서진 날개가 파닥거린다
한나절이 천 일 같아 휘청거리는

꽃밭에는
가늘고 긴 목의 영정사진들
서로를 덮치고 서로를 지워간다
바람이 온다
립스틱이 지우면 검은 입술의
얼굴이 층층이 돋는

아무런 손때도 묻히지 않고
아무의 손도 거치지 않고
이 무료한 진열들

해바라기가 똑같은 상표를 붙인 채
여름의 외곽을 달구는

무슨 맛일까
진열대 위에 차곡차곡 쌓인 접시꽃
아무도 시작과 끝에 대해 말하지 않고
세상의 모든 꽃은
슈퍼의 상품들처럼 쌓였다가
유통기한을 넘긴다

블루, 블루스

아무도 없는 골목에 웅크린 도넛
구멍 사이로 어둠이 채워지면
어디로든 구르고 싶어
동그란 허기조차 커지는 도넛

팔에 하트 문신을 새긴 동네오빠가
담배연기로 공중에 만들어 주던 도넛
뻥 뚫린 심장을 가신 헛것

제멋대로인 길고양이라도 있었으면
담장 위 한 덩이 그림자
분홍 잇몸을 들추며
푸른 눈빛으로 야~옹하고 말을 걸어왔다면
멍든 저녁이 혼자 훌쩍이지 않을 텐데

끝이었으면
이상한 자세로 잠드는

지긋지긋하게 푸르스름한 이 골목이

길고 좁고 울퉁불퉁한 길의 꼬리 끝
어둠이 핥고 있는 풋사과
아무나 툭 차버리고 싶게
안팎이 푸석푸석한

영원히 꾸르덩닝한 낭신의 손찌검
어둠에 젖어 뒹구는 두 발과
모퉁이에 놓인 파란 얼굴

메리고라운드

공포가 사과를 갉아먹는다
쭈글쭈글한 사과
기우뚱한 사과
사과는 빨갛다 사과는 하얗다
사과는 사과의 운명으로 돌고,

처음 뱉는 말은 간절하다
고막이 상한 나는, 아이를 나무란다
너는 아직 완전하지 않아
아이가 운다
통곡은 이마를 다치게 한다

나는 어제 네거리에서 죽은 사람이야
이 많은 잔발들이 제멋대로 자라는 건
죽은 사람이 너무 많이 겹쳐 살기 때문이지

아이야

사과를 가로지르면 사과는 없단다
손에 묻은 끈적거림이 사과의
난처한 길들이지

죽은 해바라기에서 천 개의 운명이 빠져나오고
한 마리의 거미가 천 개의 죽음을 낳고
실로폰이 마림바 소릴 낼 수는 없어도
잘못된 사과는 없어

아이야
네가 스친 초침이 너의 발이야
눈발이 눈의 발이어서 주체할 수 없고
물결이 물의 발이어서 감당할 수 없어

우리는 꼬마전구처럼 반짝반짝, 회전목마처럼
빙빙 돌 거야
햇빛이 눈동자를 바래게 하는 시간을 지나

목맨 꽃들이 긴 혀를 내밀고 메롱 대는 밤
크리스마스트리에 달린 가짜들처럼 모두 질끈
눈을 감네

수영장

어제의 발은 오늘의 발에 고리를 끼우고
발은 쉽게 물들지
나는 물과 터럭과 가래와 한 몸이 되지

죽은 물은 잠잠하니까
우리는 겹치며 퍼덕여야 해
몸에 이끼가 돋을까봐
지네처럼 온몸에 발을 달고 물속을 떠돌지

한번 신은 오리발이 평생 따라다닌다면
한번 내민 오리발이 참이거나 거짓이라면
오리발을 벗는 순간의
기우뚱한 하늘을 어떻게 건디지

물에 묶인 팔 다리들
서로의 목을 핥으면서
물의 침대에서

물의 이불을 덮고 마른 꿈을 꾸지

물 먹으면 안 돼
칭칭, 몸을 감는 물의 사슬들
망령처럼 따라다니는
고리에 엮여 출렁거리는 우리

벽화

인공물고기를 키우려는 여자
겨우 눈 뜨는 물고기를 버리려는 여자

원시의 동굴에
배고픈 여자와 배부른 여자가 살았다

병원 밖 배롱나무가 여름 내내
붉어진 기랑이를 벌리고 있다

진료실이 호명하는 발과 발들

갈라파고스의 바다사자는
갈라파고스의 바다에 피를 흘리고

집게는 겁도 없이
돋아나는 눈을 뽑아버리고

겁에 질린 물고기를 죽이고
갈비탕을 먹은 적이 있다

막 가시가 돋기 시작하는 물고기는
필사적으로 벽화가 된다

건물 밖으로
두 개였넌 발이 네 개의 발로 걷는다
네 개였던 발이 두 개의 발로 걷는다

죽은 나무를 다그치다

이상하다 왜 죽었지
죽어야 살아온 길이 자세히 보여
첫걸음엔 언제나 신발이 없고

부정한 발들을 잘라야겠어
비틀거린 발을 길들여야겠어
불쑥 튀어나와 제 멋대로 뻗친 길

감나무가 죽자
담쟁이가 활활 살아나
구름이 구름을 찌르듯
긁어대는 손톱으로부터
담쟁이의 발소리는 나무를 파고들고

기둥의 애가 탄다
기둥의 애가 끓는다
빈집이 미간을 찌푸리고

말라버린 눈물 위로
등이 쩍쩍 갈라진 후회들이
죽은 감나무의 목을 칭칭 감고

담쟁이가 떼를 쓰는
서향집 마당을 들어서는
퉁퉁 부은 붉은 발들

모르는 사과

빨간 사과를 내게 주겠니
잘 여문 붉음을

하얀 거품 속에 떠오르는
우울한 얼굴을 먹으며 나는 울거야

알면서도 모르는 척
모르면서 아는 척

사과의 귀퉁이를 돌면
물컹거리는 흉터

지독한 햇살이 사과를 밀어내고
공포가 사과를 거칠게 하는 여름을 지나

불안한 사과는 불안하게
거만한 사과는 거만하게 크고

사과를 만지며 감정을 고르지
상한 사과도 사과는 사과니까

사과를 손에 들고 잠을 잘 거야
흩어진 사과가 넘치는 방에서

칸나의 11월

칸나의 줄기를 자르고 구근을 캐낸다
이것은 내가 봄을 기다리는 방식

추위를 견디지 못하는 뿌리는 얕고
일기예보는 폭설을 예고한다

박스에 구근을 담아 당신에게 보낸다
그것은 내가 욕망을 보관하는 방법

한 개의 구근이 열 개가 되는 동안
부를수록 슬픈 호칭이 되어간다

우리는 서로 역할 없이 무대를 견디고
11월의 우편함은 비어있다

손끝이 저리고 입술이 갈라지는 나무
언 발등 위로 두꺼운 잠이 얹힌다

아무도 아무를 데워줄 수 없는 11월

차가운 편지 속에 담긴 희미한 목적지

애플, 애플

피가 손끝으로 몰려간다
면도날을 잘근잘근 씹던 입이
열 개의 손끝으로 몰려든다

우리들의 천수천안행성
손가락으로 멀거나 가까운
눈동자는 눈동자를 피해 흘러다닌다

뜬 눈을 가리는 투명한 막
거품이 부글거리는 자폐의 바다
나는 나의 손에서 나를 놓친다

사막의 신기루를 쫓는 손끝
보는 것은 가짜다
안 보이는 것도 가짜다

양탄자와 빗자루를 타고 가는 나라

유리로 지은 자폐의 방

창문에 낀 밤낮이 멸종해가고
왼쪽도 오른쪽도 없는 세계로
한 개의 거짓말과 열 개의 추측이 어른거린다

세잔의 테이블 위에 귀퉁이 없는 사과
사과를 안고 풋잠을 지는
갈 곳 없는 눈알들의 발작

바다에 묶이다

바다의 발목을 잡고 있는 자갈치시장

맛없으면 갖고 와요
이 자리에서 사십년 동안
하루도 빠짐없이 팔았어요

한 자리에 천 년 만 년 묶인 바다
횡단보도에 사십년 동안 묶인 남자

자갈의 설화가 있는 시장바닥
풍장을 치르는 갈치 묶음

구름이 은비늘처럼 칠해진 하늘
젖은 갈치처럼 번들거리는 시장골목

어디를 붙잡아도 치열한 저 바다
나는 부표도 없이, 파도 사이에 묶인다

엄마는 나를 낳고

엄마를 행복동산에 데려갔다
주사기가 밀어 넣는 죽을 먹는
엄마를 보다 파랗게 질린 나는 도망쳤다
고역이 고인 두 눈은 티슈 한 장이 잘 닦아주었다

엄마의 체위는 왼쪽이거나 오른쪽
벽에 붙은 눈, 눈에 붙은 벽
엄마는 벽에 붙어 지워져가는 스티커가 되었다

손바닥조차 뒤집을 수 없는 몸
바람도 피해가는 악취를 풍기며
등 뒤에서 벌겋게 헐어가는 시간들

얼음바닥에 떨어진 인형처럼 뻣뻣한
말을 잃은 입술을 할퀴는 바람을 견디며
담쟁이의 갈퀴자국만 남은 벽이 되었다

벽에 손톱을 긁어서 쓴 유서는
아무도 해독할 수 없었고

혼자
검은 옷을 입고
검은 비를 맞으며 무덤으로 갔다

엄마는 나를 낳고, 니는 엄마를 관에 넣고
무덤덤하게 지저분해진 스티커를 지워갔다

꼼꼼사 기웃거리기

골목을 밝히는 햇빛과
골목을 지워가는 어둠이 박음질해 온다

한번 발 디디면 벗어나기 힘든 뒷골목
옹기종기 공그르기 되어있는 가게들

어둠과 추위를 이겨내는 노루발
색색의 실꾸리 가득한 벽
모르는 옷끼리 껴안고 뒹구는 좁은 가게

장애인부부 밑실 윗실이 되어
세상의 쓸모를 늘려간다

미닫이문을 흔들며
가게를 감침질하는 재봉틀소리
깁고 꿰매며 고쳐가는 하루하루

드르륵 드르륵 골목을 홈질하는

경쾌한 꼼꼼사로

한 땀 한 땀 빨려드는 사람들

안개주의보

돼지가 실려간다
기호 속으로 안개 속으로
오줌을 질질 싸면서
신호등이 돼지 한 트럭을 꿀꺽 삼키고

다리를 지나고 터널을 지나도록
돼지는 돼지를 모르고
나는 너를 모르고
돼지 속에서 돼지는 외롭고

어제는 새를 데려가던 구름이 풀렸다
오늘은 안개주의보가 내렸다
안개 속에서 트럼펫소리가 들렸다
불협화음이었다

비상등을 켰다
안개는 호평과 혹평

차다와 따뜻하다 사이를 헤매고
혐의를 찾을 수 없는 악의들이 주의보 속으로 사
라진다

서로의 눈을 마주보는 동물은 없더군
안개의 잔에 뜨거운 커피를 나눠 마시고
문드러지는 손으로 악수를 했다

비명을 낳는 면사포자락
그것은 다산의 징조
안개주의보가 트럭에 실려 사라졌다

캐릭터

우리는 항상 깨질 것 같아

피 묻은 침대가 예쁜 손가락을 실어가고
커다란 가위가 입을 벌리고
하얀 목을 향해 달려드는

친절한 언니를 만들고
찍찍 갈라진 거짓말을 내두르며
벌겋게 우러난 역할이 독해져

꽃이 꽃을 덮치고
꽃이 꽃을 데려가고
엄마 제발 나를 놓치세요

말도 안 되는 말로
지문 없는 발바닥을 키우며
머리가 커다란 외계인이

말랑말랑한 거짓말을 뿌리고

발뺌하는 머리를 흔들며
사지가 묶인 인형처럼
팔 다리가 한 일을 나는 몰라요

눈 코 입이 서로를 밀어내다
깨지는 거울들이 자꾸자꾸 생겨났다

거실

신문을 펼치면 바람이 먼저 읽고
발가락이 불구인 비둘기들이 침묵을 쪼아댄다

넓어서 모이는지
모여서 넓어지는지
광장에는 절기가 순서 없이 들이닥친다

라디오에서는 희망곡이 나오지 않았고
서로를 모르는 척 하는 일에 우리는 전력을 다했다

광장에는 분수가 있고
분수에는 생각하는 사람이 있다
생각은 광장을 흔들었고
때때로 구름은 광장을 뒤엎었다

길들이지 못한 말들이 뛰어다니는 광장
채찍을 휘두르면 말의 수위가 점점 높아졌다

분수처럼 솟구쳤다 바닥을 치는 입술들

하늘에서 떨어진 흰 말들이
땅에서 금세 더러워지고
말의 뼈다귀들이 좀비처럼
수상한 글씨체로 광장을 서성거렸다

오후의 꽃

장미꽃잎이 떨어지기 시작하면
아픈 곳이 자꾸 가려워진다

흐려진 꽃을 흔들면 시간이 상하고
슬픈 날인데 꽃바구니가 왔다

오후 내내 흩어지는 새떼를 몰고 강으로 간다
새떼는 자꾸 뭉개졌다

아나콘다처럼 꿈틀거리는 강
사타구니에서 자꾸 흘러내리는 실뱀들

물기를 털며 오선을 긋는 바람 위로
검은 새떼들 날아오른다

물러터진 줄기 끝 꽃잎이
잘못 배달된 축하를 받는 오후

허한 갈대의 대궁 속에서
오늘이 생일인 노래는 태어난다

나쁜 계절

밤은 고양이를 닮는다

슬금슬금 느릿느릿 담을 건너고

발자국을 겹치며 길을 덮는다

꽃은 신음을 숨기지만

꽃술은 끝내 망가진다

얕은 잠 위를 서성거리는 망상

나쁜 계절을 지나는 숨이 거칠다

얼굴이 잠들기를 기다려 심장은 날뛴다

혓바닥이 금서를 맛보면

근엄한 입이 천박한 소리를 낸다

들끓는 밑바닥이 치미는 동안

잠은 서둘러 밤을 건너지만

아무도 어둠의 뒤를 털지 않는다

어둠을 두른 기억과

안락한 자세로 바쳐지는 제물들

죽음보다 깊은 부유물들

퀴퀴한 냄새가 피어오른다

검정은 깊어가고 감정은 경계를 떠돈다

개꿈

인형이 비틀거리며 거울 속으로 사라졌다
멀어지는 만큼 쫓아갔다
꿈에 젖은 몸에선 비린내가 났다
꿈의 뿌리는 얼마나 단단한지

밤은 미끌거렸다
꿈과 밖을 섞으면 마음이 다한 비가 내렸다
벌겋게 달궈졌다 깨진 장면들이
잠의 밖을 돌아다녔다

기형의 꽃이 피는 얼룩덜룩한 잠을 키운다
굶주린 꽃을 할퀴면
피고 지는 소란으로 몸이 굳고
어제와 오늘 사이에 낀 그늘
움푹 팬 자리엔 퍼내고 퍼내도 고이는 어둠

헛소리가 나를 게워내고 또 게워내고

데칼코마니

비 오는 거리에
붉고 푸른 물고기들이
아스팔트 위로 흘러다닌다
물고기들 길을 낸다

이국의 침침한 홀에서 술을 마실 때
환한 무대 위 나체의 무희가 쏘아본다
볼 테면 봐
선도 악도 거품이야
나체 위로 빛이 쏟아진다

물이 물을 가르고 빛이 빛을 가르듯
거리에 칼이 난무한다
식어버린 포옹이 거리에 넘친다
나는 내 따귀를 때리고 벌떡 일어섰다

불빛에 깨진

온갖 물고기들이 뛰어다닌다
거품이 거리를 가득 채운다
거울 속의 내가 마른 몸을 비비며
건조한 불빛 사이로 흘러간다

모퉁이들

거기
갑자기 코끼리가 나타나 밟아버릴 수 있지
느닷없이 숲이, 늪이 나타나 비명을 지를 수도
있지

속도에 놀란 바람을 보았어
터져버린 토마토의 살갗
시큼한 비린내가 침샘을 자극하는

위에서 누가 내려다보는 것 같아
길 위의 피무늬를 무덤덤하게 지났지
폐허엔 폐허의 노래가 있으니까

허름한 골목
시계반대방향으로 걸어간 나팔꽃 덤불을 뜯으면
긱이 쏟아지는 시간이 기다리지

거꾸로 걸어온 생이 단정할리 없는데
어느 날 반인반수로 길바닥에 누운 나를 봤어

보일 듯 말 듯, 거기
시야를 가리던 모퉁이에서

물컹한 모퉁이

모퉁이를 돈다

궁금증을 삼킨다

핸들을 꺾는다

망설이는 눈동자와 머뭇거리는 다리

네가 달려든다

내가 달려든다

포옹과 덤빔 사이에

가시범벅 붉은 장미기 핀다

찢긴 생각과 으깨진 허벅지가 겹쳐진다

상처 난 옆구리에서

곡선의 절규들이 흘러내린다

허기의 바닥은 아직 멀었어

신물이 올라온다

회오리치는 별밤과

사이프러스를 가지시고

닭고기를 주시오

식탐이 그림 위로 쏟아져 뚱뚱해진다

바람이 다리 위를 지그재그로 달린다
모퉁이를 돌면 혼자인 고라니와
찌그러질 시간들이
물컹물컹 덤벼든다

구름 옮기기

뱀이 지나간다고 고양이가 울자
꽃이 부르르 떤다
모르는 사이가 불안해진다
그림자에서 검은 즙이 새어나온다

뱀이 무서워 고양이의 입을 틀어막는다
꽃이 꽃을 무서워한다
마스크는 코와 입만 가렸는데
얼굴이 사라진다

꽃밭에는 지옥과 천국이 있다
잎사귀가 덮어버린 구근은 썩고
서로가 서로를 격리하며 살아남는다
얼굴이 얼굴을 안 보는 병이 돌고
나는 나를 드러내지 않는다

엄마가 아기를 죽이고 밥을 먹습니다

아빠가 아기를 죽이고 섹스를 합니다

꽃은 웃는 얼굴과 우는 얼굴을 반반
드러내며 우울을 앓는다
자신에게만 깨끗한 사람들
이상한 병을 퍼뜨리고 잠적한다

디아스포라

　버스승강장 앞 비닐로 만든 출입구로 들어가면 온갖 체취가 뒤죽박죽 몸을 안아요. 집시차림의 여자가 둥근 쟁반에 담긴 밥을 먹으며 하마처럼 냄새를 삼켜요. 가게는 이상한 냄새들의 수용소예요. 사람이 와도 알은체를 하지 않고 가건 오건 상관하지 않는 게 이 가게의 불문율, 빨간 입술이 밥을 먹는 동안 옷을 뒤적이고 던지고 뺏다 쑤셔 박아요. 얼룩지고 늘어나고 실밥 터진 옷가지들, 오래 굴러먹은 피곤한 팔 다리들, 말없이 처박히는 티셔츠 코트 원피스 바지 치마들이 국적 없이 뒤섞여요. 양털냄새가 나는 스웨터를 골라요 여자의 빨간 입술이 잠시 웃음을 흘려요. 나는 오늘밤 양들의 침묵을 글로 풀 수 있을까요. 거리에는 지구 구석구석에서 온 사람들로 뒤죽박죽이에요. 이제 파푸아뉴기니도 아프리카도 낯설지 않아요. 나는 그 속에 엉켜 찾을 수 없는 냄새가 되어요.

| 해설 |

울음 속 무덤의 만트라

박형준(문학평론가, 부산외국어대학교 교수)

시는 로맨틱한 자기 현시가 아니라, 세계와의 불화를 통해 사물과 존재의 진리를 개진하는 언어적 쟁투이다. 시작詩作의 본질을 광기나 영감에서 찾는 예술관이 없는 것은 아니지만, 이런 태도는 엘리트 작가주의가 창안한 낭만적 환영일 따름이다. 시인의 정성 어린 시작 행위는 천부적 재능의 결과도, 지난한 정신노동의 산물도 아니다.

시 창작은 일상적 언어를 보다 높은 차원으로 고양시켜, 그 용법의 다양성을 발굴하는 민주적 언술 행위이다. 일상 언어를 시적 언어로 승화시키는 것은, 주지주의적 예술이나 수사학적 세련미를 뜻하는 것이 아니다. 그것은 사물과 존재에 기입되어 있는 자의적 의미체계를 파기하고, 인간의 권위적 명명방식으로부터 사물과 존재의 해방을 선언하는 실천적 자유의지이다.

박순남의 첫 시집『목록들』이 주목되는 까닭은, 세계와 사물의 절규("울음")에 귀 기울이며 지배적 언술체계와 치열하게 대결하고 있기 때문이다. 시인이 주목하는 생의 비애는 전통시학에서 반복하는 정한情恨의 애상주의와는 무관하다. 슈타이거 식의 서정시 개념과 달리, 현대시는 세계의 풍경을 자기화하는 동일성의 형식이 아니라, 자아와 세계의 대극적 관계 구성을 통해 규범적 의사소통 구조 속에 기입되어 있는 확고부동한 의미를 기각하는 언어적 반동이다.

기마타 사토시가 "일상의 질서에서 언어를 떼어내는 것, 그것이 시의 조건"이라고 얘기한 바와 같이, 시와 산문의 형식적 분별은 언어적 통념과 과감하게 결별하는 데서부터 가능해진다. 하지만 "이 조건을 더욱 나아가게 하면 '의미를 알 수 없다' 는 사태가 발생"(『매혹의 인문학 사전』, 앨피, 2009, 342쪽)하기도 한다. 실제로, 현대시는 종종 "벽에 손톱을 긁어서 쓴 유서"처럼 "아무도 해독할 수 없"(『엄마는 나를 낳고』)는 어려운 문자행위로 지각되기도 한다.

언어를 진부함의 감옥에서 구출하는 것은, 동시대 시인(들)이 감당해야 하는 윤리적 책무天刑이다. 일상적 언어는 단순히 의사소통의 도구가 아니라 기성세대의 정보체계를 승인하고 입안하는 통치 장치로, 우리를 가상의 안전망 속에 굴종시키는 파멸의 형식이다. 그러므로 자동화된 언어 감각과 단절하고, 그것을 혁신하고자 하는 문화적 분투는 무엇보다 중요하다. 프랑코 베라르디 비포가 '시적인 것'의 도래를 '봉기'의 순간에 비유한 것처럼, 시는 업라이징을 가능하게 하는 중핵 미디어이다.

오해하지 말 것은, 상투적 감성체계를 절단하는 언어적 혁신 과정은 급진적 수사주의나 하이칼라적 기교주의가 아니라는 사실이다. 먼저, 시의 현대적(contemporary) 가치에 관한 문제인식을 「넘치는 액자」라는 작품을 통해 살펴보도록 하자.

> 벌어진 입은 다물어지지 않았다
> 머리위의 푸른 뱀은
> 액자 밖으로 튀어나온 절규를 먹고 꼬리가 길어졌다

액자에 갇힌 긴 얼굴엔 눈이 없었다

얼굴이 시들고

액자들은 액자의 위치를 질투하고 있었다

꽃병의 물이 썩고 있었다

아무도 물을 갈아주지 않았다

살아있는 꽃이 죽은 냄새를 피웠다

죽은 꽃의 향기가 돌아다녔다

불안한 화투장들의 예언으로

세상은 '환'하게 '멸'해 갔다

진짜가 아니라고 말하는 혀들은 굳어버렸다

그림은 벽을 붙잡고 어지럼을 견디고

넘치는 의미들이 밖으로 나가려다 잘려버렸다

사람들은

액자 밖으로 다리를 내밀었다

우리는 더 많은 색이 필요합니다

나는 넘치고 싶어요

그때, 내 목을 다잡은 액자에서

행복한 눈물이 뚝뚝 떨어졌다

―「넘치는 액자」 전문

인간은 언어를 통해 규격화된 사고−틀("액자에
갇힌 긴 얼굴")을 갖게 된다. 사피어와 워프는 언어

와 사고의 관계를 설명하면서 '개념격자'라는 용어를 사용한 바 있다. 언어는 특정한 사고 패턴을 만들어내며, 인간의 정체성과 행동방식을 입안한다. 그러나 언어가 특정 집단의 가치체계를 옹호하는 폐쇄적 담론 형식이 되거나, 말의 맥락과 무관한 의미체계로 고정되어서는 곤란하다. 언어적 격자 속에 갇힌 말은 식상("시들")할 수밖에 없으며, 표현의 역동성과 다양성을 기대하기 어렵다. 이와 달리, 시는 코드화된 언어의 자의적 명징성에 의문을 제기하며("진짜가 아니라고 말하는 혀"), 물상의 맨얼굴을 마주하게 한다.

욕동하는 말은 액자 속에 수감되기를 거부하며, 경계의 바깥으로 달아난다. 허나, 현대인의 사고체계를 지배하는 랑그(langue)적 시스템은 시적 도주를 쉽게 허락하지 않는다. 지배집단의 헤게모니는 제도의 바깥을 상상하는 원심적 사유를 차단하기 때문이다. "내 목을 다잡은 액자에서 행복한 눈물이 뚝뚝 떨어졌다"는 역설적 표현은 이를 방증하는 예다. 통상 인간의 안전욕구는 사회적 범주("액자") 안에서 충족되지만, 시인은 그것이 못하다. 지배질서의 규범적 언술체계("액자")에 포박된 생활은 파국적 삶을 연명하는 절망적 생존이다("'환' 하게 '멸' 해 갔다"). "행복한 울음"이라는 형용모순은 여기에서 발생한다. 소재는 다르지만, 「시계다」에서 현대인의 삶을 통어하고 지배하는 상징기율과 이에 대한 비판적 사유를 확인할 수 있다.

한 개의 시계가 걸어간다
네 개의 시계가 걸어간다

얼굴 없이 표정 없이
방향 없이 의심 없이

옆모습의 시계가 뒷모습의 시계가
가출하는 시계가 복제된 시계가

무분별 태어나고 무차별 사라진다

흰색과 검은색 사이에 놓인
위험한 시계들이 곳곳에 출몰한다

한 개의 시계가 사라진다
네 개의 시계가 사라진다

나는 시계다

너는,

　　　　　　　　　　—「시계다」 전문

　시계는 근대 산업사회의 획기적 발명품이다. 시
계의 시간은 단순히 개개인의 스케줄을 관리하는
준칙단위가 아니다. "흰색과 검은색 사이에 놓인
위험한 시계들이 곳곳에 출몰한다"는 문장에서 보
듯, 시계는 복잡하고 다채로운 생의 차이를 지우며
자본과 권력의 요구에 따라 주체를 분류하고 관리
한다("얼굴 없이 표정 없이 방향 없이 의심 없이").
실제로, 근대사회의 규율권력은 자연적 시간이 아
니라, 시계적 시간에 입각해 주체를 통어해 왔다.
시계는 인간의 삶을 분절하고 재배치한다. 그러므
로 일상을 통제하는 시간규율의 리토르넬로를 반
성적으로 사유하고 성찰하는 것은, 복종의 흐름
(rhythm)을 전복하는 저항의 단초가 된다. 시계(일
상)적 시간이 직선적이고 영속적이라면—"무차별
로 태어나고 무차별로 사라진다"—, 시(서정)적 시
간은 곡선적("찌그러질 시간", 「물컹한 모퉁이」)이
며 비영속적이다. 시가 시계적 시간의 지배 템포

를 거스르는 순간, 새로운 생의 가능성은 정초될 수 있다("시계반대방향으로 걸어간 나팔꽃 덤불을 뜯으면 길이 쏟아지는 시간이 기다리지", 「모퉁이들」).

박순남의 시가 해방의 불협화음을 격발할 수 있는 것은, 자연의 흐름과 사물의 본질을 섬세하게 이해할 수 있는 서정적 촉수를 지니고 있기 때문이다. 계절 감각이 잘 드러난 작품군##이 그 예다(「화상을 입다」, 「사막의 귀」, 「무화과를 먹는 시간」, 「울음냄새」, 「장마」, 「칸나의 11월」). 시집의 표제작 「목록들」을 통해 해석의 지평을 조금 더 확장해보자.

어디다 말하나
우리 집 나무가 옆집 햇빛을 훔쳤다고
옆집 고양이가 우리 집 쥐를 잡아먹었다고

장미는 꽃집 여자를
가위는 미장원 여자를
전파상의 전선은 김 씨의 목을 감았다

나는 피해자 또는 피의자

훔치는 것과 털리는 것의 양을 모른다
마술사에게 홀려 유랑극단에 간다

나는 날마다 털려 죽고 없는데
왜 자꾸 살아남은 자의 언어로 말하나
작작해, 진술서가 너무 길다
                    —「목록들」 전문

　서시 격에 해당하는 「목록들」은, 기호와 세계(사물)의 유기적 협약에 대한 파기 선언문이다. 언어는 '존재의 집'이다. 마르틴 하이데거를 인용할 것도 없이, 획일적 언어 감각은 파국적 일상의 문화적 증례이다. 시는 인간의 마음을 일자—화하는 언어적 통속화에 맞서 싸운다. 일상적 사고와 분별되는 시적 인식은 대상과 기호의 관계를 비틀거나 뒤바꾸는 데서 출발하는데, 박순남의 시 역시 사물과 인간의 관계를 전도적으로 사유하고 있다("나무가 옆집 햇빛을", "가위는 미장원 여자를"). 이는 말맛의 차이를 만드는 시적 레토릭이 아니라, 지시적 의미체계를 모조리 거덜 내면서 모국어의 새로운 가능성을 입안하고자 하는 사기 소신의 과정("나는 날마다 털려 죽고 없는데")이다.

「안개주의보」에서도 볼 수 있듯─"호평과 혹평", 혹은 "차다와 따뜻하다 사이를 헤매" 듯─, 이분법적 언술구조에서 벗어난 말의 택지를 찾는 일은 순탄치 않다. 오염된 언어의 껍데기를 털어낸 후에도, 그것은 "마술"처럼 재생되고 복원된다. 시인은 기존의 문법적 용례를 사용 불가능하도록 "훔치"는 "피의자"이면서, 동시에 대중독자와의 의사소통 가능성을 박탈("털리")당하는 "피해자"이기도 하다. 또 시인은 독자와의 대화 결렬을 감수하면서도, 시가 '죽은 말의 문서고(list)'가 되지 않도록 부단히 자기 갱신하는 존재이다. 그래서 그녀는 "왜 자꾸 살아남은 자의 언어로 말하"냐고 되묻기도 하고, 시작詩作에 대한 자기 변명("진술서")이 "너무 길"다며 반성하기도 한다.

이런 창작 태도는 지배질서의 언표공간 속에 복무하지 않겠다는 시적 의지로 볼 수 있는데, 「나는 화분이 아니다」가 대표적인 작품이다.

향기를 감추지 못하는 장미 속으로
본능을 숨기지 못하는 짐승 속으로
들어간다
나를 찾아온 것은 없어

어디든 두 발로 걸어갔어
향기 속으로 악취 속으로

버려진 양변기에 꽃을 심은 후
꽃들이 변기 속으로 빨려드는 꿈을 꿔
똥파리와 벌이 동시에 붕붕거려

꽃을 밥에 비벼 먹었어
심장이 가렵고 생각마다 두드러기가 돋았어
곧 면역이 생길 겁니다, 의사가 말했지

절정 후에 식는 모든 게 지겨워
민들레 씨방에 불을 질렀지
뿌리가 지독해 졌어

꽃을 심어도
변기는 짐승처럼 크르릉 거렸어
　　　　　　　─「나는 화분이 아니다」 전문

　시인은 기호와 대상의 인위적 협약체계를 심문
하는 존재이다. "절정 후에 식는 모든 게 지겨워"
라는 대목은, 시의 임무를 명료하게 보여주는 표현

마음을 지배하고 관리하는 상징규율로 해석된다. 아무리 기발하고 엉뚱한 상상을 펼친다 하더라도, 사회 구성원으로 살아가는 한 인간의 언어는 지배적 헤게모니에 귀속되거나 습합될 수밖에 없다. 비슷한 문제인식이 「수영장」이라는 시에서도 잘 드러난다. 인간의 언어는 너무나 순응적이어서("어제의 발은 오늘의 발에 고리를 끼우고 발은 쉽게 물들지"), 새로운 말의 입지를 모색하는 것은 거의 불가능한 것처럼 보인다.

그렇기에, 지금도 여전히 시인이 필요하다. 학교에서 아무리 창조적인 교육을 강조한다고 하더라도, 지배집단의 사고와 입장을 비상식화하는 것은 쉬운 일이 아니다. 하지만 시는 순종적이고 수동적인 말의 흐름("죽은 물은 잠잠하니까")과는 다른 물길을 낼 수 있다. 「나는 나를 잘못 키웠네」와 「치매」를 읽어 보자.

매일매일 몰락하는
구질구질한 언어들이 나를 구기면
깊고 푹신한 의자가 필요해

지금은 간신히 먹고 간신히 잠들어

천적을 만나고 싶어

아무 생각 없이 살려고만 버둥거릴 수 있게

내가 짠 그물에 걸려

다리는 후들거리고

발을 헛디딘 하늘이 노랗게 질려있어

매일매일 눈 부릅뜨고

일그러져가는 나를 확인하는 일

그것만이, 나의 뼈저린 사생활

선반 위의 인형이 나를 패대기쳤어

　　　　　　　　—「나는 나를 잘못 키웠네」 부분

　시는 낡고 마모된 언어 감각에 대한 자기 성찰의 형식이다. "매일매일 몰락하는/ 구질구질한 언어"로는, 어떤 변화도 기대할 수 없다. 변혁적 생의 가능성을 말소하는 말들의 안정성은 "겉이 말짱한 병"과 다르지 않다. 일상 언어는 의미의 외연을 봉분하며 타자와의 커뮤니케이션을 완수하는 듯 보인다. 하지만 현대인은 자기 자신이 "짠 그물에 걸려"서 "일그러져가는 나를 확인"하며 살아갈 뿐이다. 사물과 언어의 불화를 은폐하고 봉합하는 태도로는, 그 누구의 삶도 혁신할 수 없다("간신히 먹고 간신히 잠들어"). 그렇다면 잘못 양육한 '우리의 언어'를 바로잡는 것은 가능한 일일까. 인용한 시의 반향反響적 변주에 주목해 보자. 시인은 인간의 관점에서 사물과 대상을 바라볼 것이 아니라, 양자의 관계를 역리적으로 사유하며 교감할 것을 제안한다. 내가 "선반 위의 인형을 패대기"치는 게 아니라, "선반 위의 인형이 나를 패대기쳤"다는 인식 전환이 그것이다. 물론 박순남의 시는 이 정도에 그치지 않고, 아예 일상적 언어를 과감하게 폐기하는 지점까지 나아간다. 시「치매」를 보자.

어제의 표정들은 쏟아버렸다

얼굴에 돋는 알록달록한 무늬
수시로 일렁거리는 거울
푸석푸석 마른버짐이 핀다

형광등이 깜빡거린다
죽어가는 귀가 점점 커진다
미워, 싫어, 죽어, 귀찮아

독은 왜 끝까지 독인지

사랑은 왜 끝까지 사랑인지

두툼한 슬픔과 쪼그라든 심장으로

얼마나 많은 계단을 내려왔을까

지진이 왔다

폐허에서 나온

긁히고 퀭한 모르는 얼굴

징조도 없이 불쑥 솟는 불덩이 불덩이들

　　　　　　　　　　—「치매」 부분

　우리는 말의 기원을 알지 못한다. "독은 왜 끝까지 독인지 사랑은 왜 끝까지 사랑인지" 확언하기 어렵다. 사회적 약속에 의해 관습적으로 전승되어 왔기 때문이다. 국어國語라 부르는 표준적 커뮤니케이션은 인종, 환경, 역사, 문화, 종교, 민족의식 등에 기초해 체결된 상상의 계약형태일 따름이다. 국민국가의 언어는 편의적 효율에 의해 관례화된 도구일 뿐, 타성적 표현방식이 정당화되어야 하는 이유는 어디에도 없다. 그러므로 시적인 것의 핵심은 관성적 언술방식과 결별하는 것, 즉 언어의 인습적 용도를 폐기하는 일이다("어제의 표정들은 쏟아버렸다"). 그런 점에서, 시인은 문법–통사–의미론적 영토에 귀속되지 않는 파롤Parole의 개활지를 탐사하는 모험가와 같다.

작품과 작품 사이의 맥락은 다르지만, 「흔들리다 문득」에서도 접점을 찾아볼 수 있다. "치매에 걸린 바람이 말을 걸자 저수지의 자세가 흔들렸다", 세상에 찌든 말이 완전히 표백된 상태에서만, 새로운 삶의 특이성이 창안될 수 있음을 깨닫게 하는 문장이다. 그러나 사회 구성원의 동질감을 담보해주는 국어의 관습을 해체하는 것은 그리 만만한 작업이 아니다. '시적 허용'은 모국어의 커뮤니티를 이탈하는 우울("두툼한 슬픔과 쪼그라든 심장")과 불안("떨리는 입술과 눈동자")을 감수하면서, 지금까지와는 전혀 다른 형태의 감성체계를 직조하는 일이기 때문이다. 「디아스포라」를 보자.

버스승강장 앞 비닐로 만든 출입구로 들어가면 온갖 체취가 뒤죽박죽 몸을 안아요. 집시차림의 여자가 둥근 쟁반에 담긴 밥을 먹으며 하마처럼 냄새를 삼켜요. 가게는 이상한 냄새들의 수용소예요. 사람이 와도 알은체를 하지 않고 가건 오건 상관하지 않는 게 이 가게의 불문율, 빨간 입술이 밥을 먹는 동안 옷을 뒤적이고 던지고

뺏다 쑤셔 박아요. 얼룩지고 늘어나고 실밥 터진 옷가
지들, 오래 굴러먹은 피곤한 팔 다리들, 말없이 처박히
는 티셔츠 코트 원피스 바지 치마들이 국적 없이 뒤섞여
요. 양털냄새가 나는 스웨터를 골라요 여자의 빨간 입술
이 잠시 웃음을 흘려요. 나는 오늘밤 양들의 침묵을 글
로 풀 수 있을까요. 거리에는 지구 구석구석에서 온 사
람들로 뒤죽박죽이에요. 이제 파푸아뉴기니도 아프리카
도 낯설지 않아요. 나는 그 속에 엉켜 찾을 수 없는 냄새
가 되어요.

　　　　　　　　　　　　 ―「디아스포라」 전문

　주지하다시피, 인간은 자신의 모습을 볼 수 없다
("나는 나를 드러내지 않았다",「구름 옮기기」). 서
울, 혹은 타자의 눈을 통해서만 본인의 모습을 빗
대볼 수 있을 뿐이다. 자아와 세계의 조화로운 공
간은 실재하지 않는다. 각기 다른 사연("체취")과
감각("냄새")이 국경 없이 뒤엉켜 잡종적 생태계를
구성할 뿐이다. 주체 역시 그 속에서 쉬 분별되지
않는 존재가 된다("나는 그 속에 엉켜 찾을 수 없는
냄새가 되어요"). 이는 「캐릭터」라는 시에서도 마
찬가지인데, 우리의 정체성을 구성하는 언어는 불
명확하며 혼종적인 것으로 가득 차 있다. 그래서

그것은 "항상 깨질 것 같"이 위태롭다. 이 시에서 각 연의 구성이 매우 이질적인 은유로 병치되어 있는 것은, 분열적 자아("깨지는 거울")의 존재 양상을 보여주기 위해서이다.

시는 본래 종족적 경계를 넘어선 파종(播種, diaspora)의 언어이며, 시인은 죽음의 냄새까지도 감지하는 존재이다("이상한 냄새가 나, 사람이 죽어나간 그 집 백년이 지나도 그 냄새는 나를 홀리지", 「골목의 뭉크」). 허나 그녀가 천착하고 있는 것은 죽음에 대한 멜랑콜리나, 유년시절의 향수가 아니라, 인간 존재의 근원성("배꼽")이다. 다만 근대국가의 민족어로는 인간 존재의 뿌리를 포착해낼 수 없다("정면을 피해가기로 정한 사람들", 「계단 위의 미장원」). 인간은 자신의 모습을 볼 수 없으며("나는 나를 드러내지 않는다", 「구름 옮기기」), 거울 혹은 타자의 눈을 통해서만 본인의 모습을 빗대볼 수 있을 뿐이다. 굳이 복잡한 정신분석이론을 공수하지 않더라도, 언어는 인간의 (무)의식과 감정을 투명하게 재현할 수 없다. 마음은 매우 불확정적인 것이다. "감정은 경계를 떠돈다" (「나쁜 계절」), 라고 멋지게 표현한 것과 같이 인간의 마음은 비가시적이며 유동적이다. 세계와 타자를 섬세하게 이해하기 위해서는 부유하는 감정의 다발을 포착하기 위한 시안詩眼이 필요하다. 「부엌의 감정」을 보자.

늦이다. 검은 봉지 속이다. 감자가 비닐을 뚫는다. 더 내려 갈 곳이 있다. 배수구가 크르릉 거린다. 감정의 습지에서 피와 살을 섞는다. 몸을 섞는다. 천 년 만 년 썩는다. 섞인 것들이 썩는다. 케케묵은 냄새가 기어나온다. 식탁이 짠 날은 감정이 좋았다는 걸 누구도 눈치 채지 못하고 접시의 낌새를 나눠먹는다.

꿈틀거리는 순간, 숨이 더 막히는 함정을 햇살이 들여다본다. 밖이 안을 힐끔거린다. 들춰지는 것은 왜 슬픈지, 오래된 냄새는 궁색하다. 꺼려지는 건 뒤탈이 날 텐데 꼬막을 삶는다. 안이 밖을 본다. 밖이 안을 본다. 내 몸의 역한 냄새, 썩고 있는 이 감정들을 다 어쩌나. 늦이 사지를 당긴다. 팽팽한 부엌의 감정, 오늘 저녁 당신은 썩은 내 감정을 달게 먹는다.

—「부엌의 감정」 전문

독자의 입장에서는 다소 어렵게 느낄 수도 있는 시이지만, 시어에 대한 주해註解적 접근을 포기하면 오히려 쉽게 이해할 수 있다. 이 작품에 등장하는 '부엌'의 이미지는 하나같이 하수구에 던져진 것처럼 썩고 짓물러진 마음의 상象이다. 시인이 "질척"한 "감정의 습지"라는 표현을 쓴 것은, 눅눅하고 음습한 무의식을 드러내기 위한 수사적 전략이다. 그러나 눈에 보이지도 않고, 손으로 만질 수도 없는 감정의 형상화가 필요한 까닭은 무엇인가? 그것은 현대사회를 살아가는 이들이 타인과의 교감에 무지하거나("감정이 좋았다는 걸 누구도 눈치 못하고 접시의 낌새를 나눠먹는다"), 심지어 그것에 무심한 태도로 살아가기 때문이다("오늘 저녁 당신은 썩은 내 감정을 달게 먹는다"). 문학이 함께 살아가는 이들의 마음을 다루는 에토스라고 한다면, 시인이 인간의 감정을 예민하게 독해하고자 하는 것은 당연한 일이다. 다만, 자극적이고 센티멘털한 감상방식이 아니라 시적 긴장을 유지하는 것이어야 하는데, '부엌'의 유니크함은 이러한 기대를 충족시켜주기에 충분하다.

서정시는 자아와 세계의 합일적 경지를 추구하

는 것이 아니라, 둘 사이의 균열과 갈등을 감지하고 폭로하는 언술양식이다. 일상의 언어는 처절하게 "절규"(「물컹한 모퉁이」)하고 있으며, 현대사회는 "거대한 울음의 무덤"처럼 느껴진다. 인간의 히스토리는 울음의 역사이며("엄마는 죽은 지 오랜데 울음은 죽지 않고 내 뒤를 밟는다"), 그 목록들을 사초하는 시인은 죽은 언어의 혼을 애척하는 시의 사제와 다르지 않다. 시는 거대한 울음의 무덤을 가른다. 일상적 언어가 존속하는 상투적 삶의 공간에서 탈주하며, 기존의 의사소통 규칙을 뭉개고 넘어선다. 「내 노래를 들어줘」에서 보듯, 그것은 사회적 "금기를 뛰어넘"으며 "안팎이 어긋나는 노래"이다.

기존의 커뮤니케이션 문법을 이탈하는 시적 발화는 독자에게 매끄럽게 수신되기 어렵다. 해서, 시인은 외롭고 고독하다. 지배적 언술체계에서 이탈한 시의 시니피앙은 부딪히고 튕겨 나가기 마련이다. 그럼에도 불구하고, 격자("액자")의 바깥을 향한 시적 월경은 지속되어야 한다. 그것이 지금도, 시인이 존재하는 이유이다. "오늘은 제발 들어줘", 이보다 더 절박하고 간절한 수문이 큰게할 수 있을까. 울음의 무덤을 가르는, 시인의 절실한 만트라(Mantra)가 많은 이의 가슴 속에 정박하기를 바란다.

2019년 10월 1일 초판 1쇄

지은이 | 박순남
펴낸이 | 강현국
펴낸곳 | 도서출판 시와반시

등록 | 2011년 10월 21일 (제25100-2011-000034호)
주소 | 대구광역시 수성구 지산로 14길 8, 101-2408호
대표전화 | 053)654-0027
팩스 | 053)622-0377
E-mail | khguk92@hanmail.net

ISBN 978-89-8345-058-6 03800

*이 도서는 대구출판산업지원센터 2019년 지역 우수출판콘텐츠
 제작지원 선정작입니다.
*잘못 만들어진 책은 바꾸어 드립니다.